小鬼のつける成績表

たかこ けい

文芸社

もくじ

おれたちの『勉強機』

台所《だいどころ》のすみにあるテーブルで、おれはおやつを食べていた。かっぱえびせんの袋《ふくろ》に、手をつっこんではかじり、ペットボトルのコーラを飲む。

米をといでるかあちゃんが、後ろむきのまま、

「あした、テストなんだろ。たまには、かあちゃんを喜ばしてみな」

おれはいった。

「なにも努力しないで、手軽に喜ぼうったって、世の中、そんなにあまいもんじゃないよ」

首だけひねって、おれをにらんだかあちゃんは、

「なにいってるんだよ、毎日『勉強』『宿題』と、口がすっぱくなるほどいわされてるかあちゃんが、楽ちんだっていうのかい」

カリッとかっぱえびせんをかじって、おれはいう。

「『勉強』というだけで、いい点がとれるなら、自分で一日中とな

えてるさ」

「へらず口ばかりたたいて、ほんとうに困ってしまう」

あきらめたようなかあちゃんは、電気がまに米と水を入れ、タイマーをセットすると「ちょっと買い物に行ってくる」と、買い物かごをぶらさげて、出ていってしまった。

おれは、あっけなく空《から》になってしまった袋とペットボトルを見た。その間をすかすようにして、後ろの電気がまが見える。

電気がまって便利だよなあ。米と水を入れて、スイッチを押《お》しとけば、夕食の時間までに、おいしくたけているんだもんな。

気づいてみれば、家の中には便利な機械がいっぱいある。

たとえば電気洗たく機、よごれものと洗剤《せんざい》を入れて、スイッチを押すだけ。それで洗たくがすんでしまう。

電子レンジ、スイッチを押すだけで、解凍《かいとう》や、温めたりの調理がたちどころにできる。現代の科学はたいしたもんだ。

そうじ機だって、アイロンだって……。

世の中、こんなに便利になっているのに、勉強だけちっとも便利になってないのはふしぎだ。

とうちゃんやかあちゃんの子どもの時とおんなじように学校に行って、教科書使って勉強してる。ちっとも頭には入らない授業も、たっぷり受けなくてはならない。

こういう無駄《むだ》をなくして、簡単《かんたん》に覚《おぼ》えられるようないい機械を、なぜえらい科学者はつくらない！

世界中の科学者はなにをしているんだ。ふつう頭のおれが、勉強をさぼったって、どうってことない。でも科学者は、せっかくいい頭にあたったんだから、人類のためがんばる義務《ぎむ》があるってもんだ。

おれはコーラのげっぷをすると、さて今からなにをしよう、と考えた。あしたはテストだ。こういう日は、勉強以外のことなら、なんでもおもしろい。

「たけちゃん、いるかい」

玄関《げんかん》から声がかかった。同級生のてつやだ。家が近所で、おまけに成績も近い。

「台所だよ、入ってこい」

ポテトチップスの袋を手にしたてつやは、

「おばけ屋敷《やしき》で、ガレージ・セールやってるんだって。おもしろそうって、ねえちゃんいってた。行ってみようよ」

入ってきたてつやは、袋をやぶいてポテトチップスを口にほうりこむと、おれにもさしだした。

「行く行く、あんまり金はないけど、見るだけでも、おもしろそうだ」

おばけ屋敷というのは、北側の通りに面し、大きな庭にかこまれた、古いお屋敷である。このあたりの家は、十年前に売りに出された時に、いっしょに越してきたんだそうだ。みんな同じように新しい。ところがおばけ屋敷だけは、そのずっと前からあったという。住んでる人には、会ったことがない。そうじゃ、廃品回収《はいひんかいしゅう》の地区の行事にも参加しない。

うっそうとした木立にかこまれた屋敷は、うすきみ悪い。とくに用事もないから、おれは入ろうと思ったこともない。

そこのガレージで、屋敷内で使っていた、家具やら、置物やらを売ってるという。

おれとてつやは、大きな錠前《じょうまえ》のぶらさがった門を通り抜け、案内の矢印《やじるし》にしたがって、こけむした石だたみをふんで、緑のつたの葉がびっしりはりついた建物の、うら手にまわった。

そこはガレージというより、ちょっとした倉庫のように、広くうす暗かった。外から入ると、目がなれるまで少し時間がかかる。なにやらえたいの知れないものが、並《なら》べられたというよりは、ごたごたころがっていた。朝からやっていたというから、いい物は売れてしまったんだろう。目をひくような物はなにもない。客も、おれたちが客といえるなら、おれたち以外はいなかった。

すみにむぞうさに置《お》かれた、やぶれたソファがあった。若い貧弱《ひんじゃく》な男が、だらしないねそべったような姿勢《しせい》で、そこにすわっている。店番《みせばん》らしい。

「なんだか、わけのわからない物ばっかりだ」

てつやがいった。

「ファミコン・ソフトのほりだし物は、ありそうもないな」

とおれはいって、なんとなく手近にあった箱に、手をのばした。

持ちあげた箱は、30センチ×40センチ×50センチぐらい、正面に白いへびの頭のような出《で》っ張《ぱ》り、上にひきだしが一つついている。

退屈《たいくつ》そうな若い男が、声をかけてきた。

「君たち、よかったら、それやるよ、もっていきな。もうそろそろ、店じまいだ。売れのこったのは、ごみに出すんだから、少しでもへったほうがいい」

おれはきいた。

「こんないっぱいの品物、いったいどうしたんですか」

若い男はよほど退屈していたらしく、へらへらしゃべりだした。

「この家に、ひとりで住んでいた老人が、死んじまってね。おいらは、たったひとりの身内《みうち》なんだ。だからこの家の処分《しょぶん》にきたのさ」

「亡くなった人は、なにしてたんですか」

「発明家で、ものすごい変人だったらしい。なにしろ、かわいいおいのおいらにも、会おうとしなかったくらいだから」

変人じゃなくても、あまり会いたい顔じゃないな、と思いながら、おれは、男の茶髪《ちゃぱつ》と、ピアスと、バンダナにかざられたなまっちょろい顔を見た。

ガレージ内を一通り見てまわったが、興味をひくような物はなかったので、おれたちはもらった箱をかかえて、家にもどってきた。へやに入って、ふたりでよく箱を見ると、なんと底がない。上にひきだしが一つついているものの、なんの役にも立ちそうにない。いったいどうしよう、と思いながらなにげなくひきだしを開けると、ぺらっとした紙が一枚入っていた。

『勉強機』の使用法
紙に覚えたいことを記し、ひきだしに下向きにいれ、『勉強機』を頭にかぶって、へび頭をひねる。

おれとてつやは顔を見あわせた。

『勉強機』だって、冗談《じょうだん》だろ。いや、冗談でもうれしい。ちょっとは効果があるかもしれない。

「ためしてみようよ。てつや、おまえ、なんか覚えたいものはないか」

「おれはない。たけちゃんこそ、なんかあるだろ」

あしたの、漢字のテストのことがひらめいたが、おれはきっぱりいった。「ない！」。

「どうやってためそうか」

そこにねこの又三郎《またさぶろう》が、ニャーと鳴きながら入ってきた。

ふたりの考えたことは、同じだった。おれが又三郎をぱっとおさえこむ。かんぱつを入れず、てつやが『勉強機』をかぶせた。

又三郎はおどろいて、箱の中でジタバタしている。

「漢字でためしても、又三郎は字を書けないから、覚えたかどうかわかんないよ。どうしよう」

とてつや。

ねこをモルモットにするには、どうしたらいいか。

「そうだ」

おれは紙に、又三郎が好きな魚とキャットフードの絵を描いて、魚には大きな○、キャットフードには大きな×をつけた。それをふせてひきだしに入れ、白いへび頭をひねった。

つぎの瞬間《しゅんかん》、又三郎は、ギャーともウーともつかない大声をあげた。そしてしずかになった。てつやがおそるおそる箱を持ちあげる。

又三郎は石のように、丸くなっていた。

おれは台所から、キャットフードとししゃもをもってきて又三郎の前においた。

おれたちは息をのんでようすを見まもる。のそのそ動きだした又三郎は、迷わずししゃもによって行き、食べだした。

「『勉強機』の効果は、まちがいない。てつや、あしたは漢字のテストだ。おまえ、たまにはいい点とって、親を喜ばしてやれ」

「たけちゃんこそ……」

ふたりでしばらく、美しくゆずりあったが、けっきょくじゃんけんで、おれが勝ってしまった。

テストはんいの漢字ドリルをふせて、ひきだしに入れ、おれは

『勉強機』をかぶった。てつやがへび頭をひねる。

その瞬間、頭の中にぱっとするどい光が走り、目の後ろがまっ白になった。

「たけちゃん、だいじょうぶ？」

てつやが『勉強機』を持ちあげながら、心配そうな顔でのぞきこむ。

「うん、頭の中に、今のページがコピーされたみたいに、うかんでくる。ためしにテストしてみて」

てつやの出す問題は、パーフェクトにできる。

「すごい！　ほかのページもやる」

おれは十回も『勉強機』をかぶった。もちろんてつやもかぶった。

これであしたのテストは満点だ。

それだけじゃない。おれたちは話しあった。この機械があれば、大もうけができる。たとえば、これを使って、学習塾《がくしゅうじゅく》を開いたら、生徒の成績がすぐ上がる。大評判になって、生徒がいっぱい集まる。ものすごくもうかって、おれたちは大金持ちだ。

みるみる広がるおれたちの夢。

ところがつぎの日、テストの結果はさんざんだった。おれとてつやはぜんぜん漢字が思い出せなかった。前の日、完全に覚えたはずだったのに……。

下校後、てつやがやってきた。おれたちは『勉強機』をいろいろためしてみた。その結果わかったのだが、『勉強機』を使えばたしかにかんぺきに覚えられる。

しかしその記憶《きおく》は、一時間しかもたなかった。おそらく『勉強機』は試作品《しさくひん》の段階なんだと思う。

そんなわけで、今おれたちの手元には、この試作品の『勉強機』がある。

これからおれたちは、もうれつに勉強してりっぱな科学者になり、いずれこれを完成させるつもりだ。そしてこれを使って、学習塾を開いて、大もうけする予定なんだ。

しょ君、大いに期待してくれたまえ。

鏡

「わたしって、つまんない女の子だ。なんのとりえもない」

すぐりは自分自身のことをそう思ってる。とびぬけて出来《でき》が悪い子、とは思っていない。でもどこをとっても、中の下というのが悲しい。

最近、すぐりがいつもいっしょにいるのは、小夜《さよ》、美佳《みか》、なるみの三人だ。三人にくらべ、アピール度が足りない自分がみじめだ。

美佳は成績は中くらい。でも芸術点が高く、歌や絵がうまい。家もお金持ちで、いつもしゃれた服や小物をもっている。そのしゃれた外見のせい、とすぐりは思いたいのだが、男子も女子もちょっと気にする存在。なのに本人は、まわりに無頓着《むとんちゃく》だ。

なるみにだけは成績、運動、顔で勝ったという気にはなれる。しかし、なるみには必殺得意技《ひっさつとくいわざ》がある。

芸能情報に超《ちょう》くわしい。みっつちがいのねえさんと話して、おぼえるらしい。その上、情報は芸能界にとどまらない。クラスの恋愛情報、スキャンダル、交友関係、さらにどこから仕入れてくるのか、先生の家庭生活までふくめた学外行動、だれもが気になる情報をよくもまあこんなに……と思えるぐらい知っている。

その内容が正しいかどうかはさておいて、聞いておかなければ気になる。「ねえ、知ってるぅ？」と、なるみがしり上がりに話しだすと、女子はとりかこみ、男子は聞き耳をたてる。

しかし、なんといってもうらやましいのは小夜だ。勉強、運動はそこそこだが、なんといってもかわいい。長いまつ毛付き二重《ふたえ》まぶた、えくぼ付きほほえみ、さらさら髪《がみ》をふりながらのいやいや、いつもポーズをとってるようなすらりとした手足、あまくて高い「いや〜ん」という声。すぐりは最高だと思う。

きっと男の子はすぐりが思うよりも、もっとかっこいいと、思ってるんだ。天才的頭脳《ずのう》の持《も》ち主《ぬし》の優《まさる》だって、野球きちがいの裕介《ゆうすけ》だって、ちょっと悪ぶった英人《ひでと》だって、特徴《とくちょう》のない雄一《ゆういち》だって、み～んな小夜のほうを見てる。気にしてる。男子どうしで話題にしてるのを知っている。いつもひとりはずれているじん太《た》ですら、見ないふりして見てるにちがいないんだ。

最近、すぐりは鏡を見ることが多い。去年までは、鏡をしげしげ見ることなんてなかった。あのころはまだ幼く、むじゃきだったのかもしれない。

自分自身を、丸ごと悩《なや》んだりはしなかった。せいぜい鼻が低いとか、髪の毛が黒すぎるとか、算数が苦手だとか、リレーの選手になれなかったとかいう、浅くて軽い悩みだった。五年生になって成長したぶん、悩みも成長したんだろう。

「ああ、わたしもきれいになりたい。注目されたい」

洗面所の鏡に映《うつ》るすぐりは、まっ黒でぺそっとした髪、広すぎるおでこ、たれ目、低い鼻、とがった口、ぎすぎすした体。ばらばらに見るといいとこがまるでないが、それなりに調和がとれているので、そうブスには見えない、と悲しくなぐさめる。

おかあさんは「私の娘なんだもの、年ごろになれば、私のように色白の美人になるわよ」という。でもおかあさんに似たら、ブタになってしまうだけだ。まったく、先行きの見こみすらない。

優や裕介や英人や雄一が、特別好きというわけではない。でも小夜と同じように、すぐりだってモテモテ視線をあびてみたい。話題にだってされてみたい、と思うではないか。

すぐりは自分について、それなりに研究してみた。顔、スタイル、運動、成績のレベルを上げるのは、なかなかむずかしいものがある。

運動神経がいまさら生えかわる、とは思えない。脳《のう》みその急成長も期待できない。鏡を見ての研究もしつくした。改善すべき点はわかったが、方法がわからない。

男子にもてそうな要素なんて、ぜんぜん見あたらない。こんなわたしが、もしグループの友だちからまで見はなされたら最悪だ。居《い》場所すらなくなり、きっと立ち直れないだろう。

悩み、考えたすえ、当面のすぐりの努力目標は、この四人グループからはずれないこと、これしかない。とにかく小夜の近くにいれば、男子の視線にすぐりだってひっかかるかもしれない。こんな自分が、いまさらほかのグループにはまれる自信もない。

グループからはずれまいとするすぐりの努力は、涙ぐましいものだ。このエネルギーを使えばなんでもできそうだが、そうは考えないのがすぐりである。

まず、休み時間トイレに行くとき、お弁当を食べるときのグループ作り、放課後のおしゃべりタイミング、とくに小夜からの時間的空間的な距離のとりかたに気を使う。はなれちゃいけないし、近づきすぎてはぶつかる。

さらにすぐりは考える。「少なくともわたしのいることで、グループのふんいきをこわしちゃいけない」

なにげないおしゃべりのときも、すぐり自身の気持ちを感じるまえに、まずほかの三人の意見、その流れをすばやく感じとる。

すぐり自身の意見なんてないも同然《どうぜん》、あっても気づきすらしない。いやもう、自分の意見なんてなくなっている。自分の存在価値はほかの三人の引き立て役、接着剤《せっちゃくざい》なんだと自分にいいきかせる。

きょうも給食後の昼休み、四人でいつものようにトイレに行った。手洗いの鏡のまえでなるみがいつものようにいった。

「ねえ、知ってるぅ？」

めんどくさそうに美佳が、

「なんだかいわなきゃ、知ってるかどうかわかるわけないでしょ」

かまわずなるみ、

「となりのクラスのみずきちゃん、裕介に告白《こく》ったんだよ」

かんぱつを入れずに、しかしことばを選んですぐり、

「え？　裕介は小夜のこと好きだと思うんだけど」

女子トイレなので、「ポーズを作らないありのままの小夜がフンと、

「あら、私は裕介のことなんか、なんとも思ってないけど」

すぐり、ちょっと同情するように、

「みずきちゃん、むなしいことしたわねえ」

レポーターなるみは、

「みずきちゃんたらその後ね、石をけとばして帰ったんだよ」

美佳がふしぎそうに、

「そんなことまで、だれが見てたんだろう」

なるみがにっこり、

「わ、た、し。きのうの夕方、たまたまコンビニに行ったら、店のうら手にいるふたりを見かけたの。なにしてるのかと近よりかけたら、裕介が赤い顔してにげてったのよ」

すぐりは「裕介のほうが告白《こくはく》してにげてった可能性もある」なんていう余計なことは、考えもしない。

「みずきちゃんより小夜のほうがかわいいもん、当然よねえ〜」

とつぶやいてみせる。

「私もそんな、衝撃的《しょうげきてき》なとこ見たかったなあ」

興味しんしんの美佳のことばを最後に、四人そろってトイレを出た。

一学期が終わった。夏休みを待っていたかのように、いなかのおばあちゃんが亡くなった。お葬式《そうしき》のため親子三人でいなかにいった。おばあちゃんは、おかあさんのおかあさんで、八十歳だった。おかあさんは年のはなれた末っ子だ。おじいちゃんのほうは、すぐりが覚えていないぐらい小さいときに、亡くなっている。

お葬式の後、宴会《えんかい》のようなものがあった。食事が出て、ビールやお酒を飲む人もいる。老人が亡くなっても、あまりしめっぽくならないらしい。みんながさかんにしゃべり、笑い声すらあがる。

お葬式にかざられていた、おばあちゃんの写真の話題になった。

「あれは、だいぶ若いころのだけど、かあさんが生前《せいぜん》選びぬいて、準備してたもんなんだ。おれが見ても、ちょっときれいに見える」

実家《じっか》のおじさんがいった。たしかに老人の写真なのに、すぐりが見てさえふしぎな美しさがあった。

「年とっても、おしゃれな人だったわねえ」
とおじさんの奥さん。
「子どものころ、授業参観にきてもらうと、ほかのおかあさんより
きれいで、うれしかったもんよ」
おかあさんのおねえさんがいった。
「私もよ。私なんか、ほかのおかあさんにくらべたら、年がいって
たはずなのに。でもね……」
とすぐりのおかあさんが、
「私、鎌田《かまた》のおばさんにきいたことがあるんだけど、子どものころ
のかあさんて、まっ黒、がりがりのブスだったんだって。おねえち
ゃん、おねえちゃんっておばさんについてまわるのを、黒かっぱと
か、ブスかっぱって、よく泣かせたっていってた」
「いくつくらいから、きれいになったんだろう。年ごろになると、

びっくりするくらいきれいになる人がいるもんね」

「私たち、なんでかあさんのそういうとこが、遺伝《いでん》しなかったんだろ」

「あら、いっとくけど、私は小さいころ目がぱっちりして、そりゃあかわいかったんだから」

「私だって小さいころ、近所の店でチラシのモデルになってくれって、いわれたんだからね。小さいころかわいい子は、大きくなるとそれほどじゃなくなるっていうけど、そのとおりになっちゃったわね」

年のはなれた中年姉妹は、黒いワンピースにつつまれた、太めの体をゆすって笑った。「そういえば……」とおじさんが、

「すぐりちゃんは、かあさんの子どものころの写真に似てる。隔世《かくせい》遺伝《いでん》かな。いや、かっぱに似てるといってるわけじゃないよ」

とってつけたように、付け加えた。

すぐりは大人ばっかりの中、ひとりだけ子どもだった。それまでだまって下を向いて、ささげのまじったおこわをつついていた。酒の飲めないおとうさんは、となりに座ってやはりもくもく食べている。すぐりは小さな声できいた。

「カクセイイデンて、なあに?」

「ふつう、親と子が似るもんだろ。ところが親をとびこえて、おじいさんやおばあさんと孫が似ることがある。それさ」

「……!」

すぐりの頭の中に光がはしった。

わたしにおばあちゃんが遺伝したら、美人になれるかもしれない。

ほんとにかすかだが、一筋《ひとすじ》の希望がさしてきた。

秋が深まって、なんでも仕事の早いおじさんから、おばあちゃんの形見《かたみ》の品がおくられてきた。着物と指輪と古びた小箱だった。

「この箱、おばあちゃんが若いころから大事にしてたんだって。使い道がないからすぐりにあげる。大切にしなさい」

小箱はたて、よこ、たかさが15センチぐらい、なんだかわからないもようがほりこまれ、二段の引き出しになっている。

形見の品なんて初めてだ。もらっても、すぐりにだって使い道なんかない。でも断ったりしたら、ばちがあたりそう。うやうやしく受け取り、部屋にもちかえり、机の上にのせた。

しげしげ見る。かなり古そうだ。

上の引き出しを開けてみる。からからと軽く引き出される。

からっぽ。

押し込んで、下の引き出し。こっちは少しきつい。ぎしっという感じで開く。

やはりからっぽ……だが、引き出しの底に丸い鏡がはってある。

「へえ……おばあちゃん、はったのかしら……」

なにげなくのぞきこみ、映った顔を見てすぐりはどきっとした。

ちょっと個性的で、チャーミングな子の顔。髪をさらりとたらし、口元はキュートにつん、くっきりしたすずしげな目。

思わずすぐり、「だれ？　この子」。

どこか遠くから、かすかに「あなたですよ」というおばあちゃんの声がきこえた。

すぐりは大きく、二、三度まばたきをしてみた。鏡の少女もまばたいた。

「たしかに、わたしだ。今まで、鏡で下から見たことなんてなかった。だから気づかなかった。隔世遺伝は本当だったんだ！」

この瞬間《しゅんかん》、すぐりの「美しくなりたい」という願望は、「もう美しくなりかかってる」という自信に変わった。

またおばあちゃんの声がした。

「そうですよ。私もこの鏡を見ながら、どんどん美しくなったのよ」


ほかの鏡では、自信付きの目で見ても、まだ美しくなってるように思えない。洗面所の鏡、おかあさんのドレッサー、玄関のかべに取り付けられた鏡。学校のトイレの鏡を見たときなんか、並んだとなりの小夜が、またきれいになったようにすら感じる。

しかしすぐりは、もう決してゆるがない。小箱の鏡を見ては自信をそめなおす。

「もうすぐだ、もうちょっとでわたしはチャーミングな少女になる」

自信はすぐりを変えた。目立たないように気を使っていた髪に、まえからやってみたかったヘアーバンドなどをしてみる。かくしていたおでこは、前髪をあげて出しても悪くない。さらにしっかり人の目を見て話すようになった。みんなの意見にさからわないように気を使ってばかりいたけれど、すぐりの考えもいってみたりする。それどころではない。グループのつながりにすら、あまりこだわらなくなってきた。

そしてまた、いつものトイレサロンでのこと。

「ねえ、知ってるぅ？」

としり上がりのなるみ。

「また……、そのいいかた、やめてってば」

と美佳。

「まち子ったら、英人のこと好きなんだよ。遠足の写真、写ってるの注文してた」

まち子は同じクラスで、成績下の中、顔下の下、ウンチでぶよんと太った子だ。

「まち子になんか好かれたら、気持ち悪いだけよね」

小夜が鏡に映る自分の顔を、ほれぼれながめながらいった。

「でも、やさしいよ」

といったすぐりを、おどろいたように見返し、

「なにいってるの。どんなにやさしくても、外見が悪けりゃだめよ。やさしいのなんて見えやしない」

と小夜。

めげずにすぐり、

「まち子は、これから変わるかもしれない。まち子ん家《ち》のおかあさんも、おねえさんもきれいだもの」

美佳が、

「……ということは、きれいな子がブスになる可能性も、あるってことか」

ひとりごとのようにつぶやいた。

「美佳！　あんた、わたしがブスになるっていうの！」

小夜がくってかかった。

「その可能性については……」

美佳がなにかいいかけてると、なるみが、

「あ、チャイムだ」

チャイムの音で、ところてんが押し出されるように、四人はトイレから出た。

そろってもどった教室の後ろで、男子のグループがしゃべっている。ひそひそした話ぶりだが、わざとまわりに聞こえるように、ときどき大きな声をあげる。

「変わった……最近……すぐり……いい感じ……」

これぞ正《まさ》しく、すぐりの求めていたものだった！　すごくうれしい！

聞こえないふりの小夜が、目のはしに見える。

まもなく先生が入ってきて、みんな席についた。すぐりはいすにかけながら覚悟《かくご》した。

「これで、わたしたちのグループは、終わってしまった」

ところがそうでもなかった。人間関係が多少、変わっただけだった。すぐりの存在が大きくなった分だけ、小夜の存在が小さくなった。四人の意見がまじり合うようになった。新たな関係は悪くない。

すぐりはこの変化が、自分が美しくなったためだと信じている。

きみょうな葉書

きらめく夏の日ざしがまぶしい、七月十八日。舞《ま》いこんだその葉《は》書《がき》は、すごく変だった。

どうしよう　つらい

これだけ。どうしたらこんな下手《へた》くそに書けるんだろうと思うような字で、葉書全体に大きく書いてある。力のこもらない、ふるえるような字。余白に、おまけのようにサインペンの汚《よご》れまでついている。

あて名は雄介《ゆうすけ》になっており、ワープロでうった紙がはってある。差出人《さしだしにん》は書いていない。雄介が学校から帰り、カギで玄関を開けたら、デパートのバーゲンの葉書といっしょに、たたきに落ちていたのだ。

雄介の家族は四人。両親は勤めていて、この前まで雄介の帰りを待っていてくれたのはおじいちゃんだった。

そのおじいちゃんが、一カ月前にたおれて入院した。

それまではすごく元気で、病気ひとつしなかった。定年後は雄介の遊び相手になってくれた。雄介にとっては兄であり、友だちであり、祖父であった。おじいちゃんにとっても、雄介は同志《どうし》で子分みたいなものだ。

入院後、お見舞《みま》いにいったら、おじいちゃんは暗い顔をしていた。

「どうしてわしだけ、こんなことになったんだろう」

天井《てんじょう》をにらみながら、うめくようにいう。おじいちゃんは、右手右足が麻痺《まひ》してしまったのだ。

雄介は、落ちこんでいるおじいちゃんを見るのが、つらかった。

「リハビリ訓練をしているんだから、きっとよくなるよ」

とはげましても、

「訓練は毎日している。だけど右手はまだ全然動かない。今はなんでも左手だけでしているんだよ。ごはんを食べるのも、トイレも……。歩くのは平行棒の手すりで練習しているんだ。慣《な》れないせいか、毎日とても疲《つか》れる」

と深いため息をついた。

同じころ、右手右足麻痺《まひ》の若い人がとなりのベッドに入院してきたが、すぐによくなってもう退院したと、がっくりしている。

いっしょに来たおかあさんが、

「おとうさん、みんなそれぞれ病気がちがうんですから、同じようにくらべちゃいけませんよ。マイペースで訓練しましょう」

雄介はそのとおりだと思った。おかあさんはなんていいことをいうんだろう。もうすぐの一学期成績表配布日まで、その言葉をとっておいてもらいたいもんだ。

「おじいちゃん、元気出してよ。早く退院できるといいね。ぼくが学校から帰っても、だれもいないんだよ」

「この右手が動くようになって、歩けるようにならなければ、退院できん」

そばからおかあさんが、

「雄介、もう六年生なのに何いってるの。おじいちゃんの状態、わかってるんでしょう。甘えたことというんじゃありません」

どうしよう
つらい

いったいこれは、どういう意味だろう。だれが出した葉書なんだろう。いたずらだろうか。いくら考えてもわからない。親に見せようと思っているうち、雄介はわすれてしまった。

葉書が来た三日後の日曜日、雄介はまたおかあさんとお見舞いに行った。

おじいちゃんのとなりのベッドに、新しい人が入院していた。三十歳くらいの人で、十年前に負傷してから、両足がまったく動かず、車椅子《いす》で生活していたが、おしりに床《とこ》ずれができての入院だという。

ベッドにいても、ぼんやりしていることはなく、うつぶせでワープロをたたいている。身のまわりのことは何でもできる、と目を丸くしたおじいちゃんが、自分のことのように自慢《じまん》した。

「君が雄介くんなの。佐藤さん、君のことをよく話してくれるよ。湯舟《ゆぶね》の中でおしっこするのが、得意なんだってね」

「それは赤ちゃんの時のことです」

ほかに孫の自慢はなかったのかと、雄介はおじいちゃんにふんがいした。

「ぼくは鈴木っていうんだ。よろしく」

やさしい笑顔だった。

夏休みに入り、雄介は平日にもお見舞いに行けるようになった。自転車でキコキコ三十分。暑いので午前中に行く。

「おじいちゃん、具合はどう？　鈴木さん、こんにちは」

「やあ、雄介くん、いらっしゃい。おじいちゃんの訓練はだいぶ進んでいるようだよ」

と鈴木さんが答え、最近やっと明るくなったおじいちゃんが、そばでにこにこしている。仲のいい親子みたいだ。

「今から下で訓練だ。雄介もいっしょに行こう」

とおじいちゃんがいう。今までリハビリ訓練室になんか、行ったことがない。ちょっとどきどきする。

「殿《との》、ご出陣《しゅつじん》でございますか。雄介氏《うじ》、お供《とも》ごくろうでござる」

おじいちゃんの話によると、鈴木さんは床ずれの治療のため、検査以外はベッドの上にくぎづけなんだそうだ。それで、どうしてあんなに明るくしていられるんだろう、と雄介は思った。

訓練室は広く明るく、にぎやかだった。患者も訓練の先生も多いし、訓練用の器具もにぎやかにならんでいる。

「ほら見てくれ、雄介。こんなに歩けるようになったんだよ」

入り口で車椅子からおりたおじいちゃんは、杖《つえ》をつくとそろそろ歩いて訓練台まで行った。おじいちゃん、すごい、よかったね、と雄介が目を丸くした時、遠くから、

「佐藤さん、まだ許可なしで歩いてはだめ、といったでしょう」

という声がとんできた。

「すみません。孫が来ているんで、つい見せたくなって」

遠くから、大きな声でおじいちゃんをしかったのは、他の人を訓練中の若いきれいな女の人だった。しかられても、おじいちゃんはうれしそうに、にこにこしている。

雄介も訓練してもらうんだったら、あんなきれいな先生がいいと思った。その先生が前の患者の訓練を終えて、おじいちゃんのそばにやって来た。

「佐藤さん、だいぶ上手になったので、そろそろひとりで歩く許可を出そうと思ってました。だけど、いいですか。ご自分で自信があっても、わたしと確認しあってから、次の段階に進むようにしましょうね」

やさしいけれど、きっぱりとしたいい方である。おじいちゃんは神妙《しんみょう》にうなずいていた。

夏の盛《さか》りの八月十日。また葉書が来た。

大変なのは、
自分だけではない。
やってみれば、
できることも多い。

前の葉書よりは上手で、字も小さくなっている。でもやっぱり下手だ。相変わらず、あて名はワープロでうってある。いったいこの葉書は子どもが書いたのか、大人が書いたのか。とにかく雄介は今まで、こんな字を見たことがない。いったい何のために、だれがこんな葉書をよこすのか、何かの暗号だろうか。

おとうさんに見せると、

「なかなかいいことを書いてあるが、どっかの塾《じゅく》の宣伝《せんでん》じゃないかな。きっと自分のところの名前を書くのをわすれたんだ。こういうぬけた塾には、入らないほうがいい」

おかあさんのほうは、

「とっておきなさい。葉書をシリーズでつなげると、なにかに応募《おうぼ》できたりするかもしれないわ」

夏休みも残り少なくなった八月十八日。友だちと遊ぶ約束が流れて、人さびしくなった雄介は、午後のきつい日ざしの中をお見舞いに行った。

「こんにちは。あれ、うちのおじいちゃんはどこに行ったんでしょう」

　うつぶせの鈴木さんが、

「ああ、雄介くん、いらっしゃい。佐藤さんなら、手の訓練に行ったよ。知ってるかい。いつも午前中に行っている運動療法室《うんどうりょうほうしつ》のとなりの、作業療法室だよ」

「鈴木さんは、ベッドからほとんど動かないのに、よく知っていますね」

「そりゃ知っているさ。十年前、ぼくはこの病院で十一カ月も訓練したんだぜ」

「十一カ月も！」

とおどろく雄介に、鈴木さんは淡々《たんたん》と、

「うん、そのころは右手の力もなくてね、作業療法も受けたんだ。ぼくの先生だった人が、佐藤さんの受け持ちなんだって」

「じゃあ、作業療法の先生は年をとっているんですね」

おじいちゃんががっかりしているだろうと思いながらいった。

「ううん、年とっていない。中年。せっかく来たんだから、訓練中のおじいちゃんをはげましておいでよ」

すすめられた雄介は、おじいちゃんはどんな訓練をしているかと、下へおりていった。作業療法室は、運動療法室との間を背の高い棚《たな》で仕切られている。そおっと雄介がのぞくと、椅子にかけてテーブルに向かうおじいちゃんが見えた。その背中から、一生懸命《けんめい》さが伝わってくる。

その時、となりのこわそうなおじさん先生の口が開いた。顔や体と全然つり合わない、かわいくてやさしい声だ。

「うん、だいぶうまくなってきました。そのくらい書けたら十分使えますよ」

「なんとかなるもんだ。動かない右手にこだわらなくてもいいんですね。わたしの左手もなかなかやるもんだ。今まで働きたくても、右手におされて、出番がなかったのかもしれない」

というおじいちゃんの声。

雄介は静かに部屋に入った。

「こんにちは。ぼく、佐藤の孫です。おじいちゃんの訓練、見学に来ました」

「やあ、君が雄介くんですか。よく佐藤さんから話を聞いています。佐藤さんは退院したら、君の学力向上に力を注ぐことにしたって、はりきっていますよ」

あれれ、今度はぼくがおじいちゃんの世話をするつもりだったんだけど。

それに待ってくれ。ぼくの学力向上ってことは……。

おじいちゃんが練習していたのは、左手で字を書くことだった。大きなノートに一行おきに、左手で字を書いている。

「おじいちゃん、何書いてるの？」

のぞきこんだ雄介は、少し力のこもらないその字を、どこかで見たような気がした。

八月二十三日。夏休みが終わり、学校が始まったその日、雄介が学校から帰ると、また葉書が配達されていた。

失ったものは大きい。
だが残っているものも多い。
これまでやれずに、
今こそやれることもある。

前の二枚よりずっと上手で、でもまだどこかたよりない字を、雄介はじっと見つめた。

風に秋が感じられるようになった、九月二十五日。三カ月入院したおじいちゃんは退院。

そして、葉書はもう来ない。

丸《まる》

「丸《まる》が円に見えてない！」

高塔優《たかとうまさる》はがくぜんとした。初めて気がついたんだ。

どういうことかというと、優秀な優は小学五年なのにどんどん勉強が進んで、中学一年の数学をやりだした。図形の単元《たんげん》にきて、円というものの説明があった。

「円は、一点から等しい距離にある点の、軌跡《きせき》である」

円て丸のことだ。

優は気づいた。つまり丸って切れ目がないんだ。指でなぞってけば、どこまでも同じように続く。始まりもなければ終わりもない。あたりまえだ。

しかし、優にとっては、あたりまえでなかった。生まれて一週目から、脳みそがよく発達するようにと見せられた、丸とか三角から始まって、幼児教材の「かたちのえほん」「はじめてのさんすう」

「ようじのずけい」「たのしいかたち」……小学校に入ってからは算数の授業で、生まれてから十年間、数限りなく見せられてきた丸。

生まれてからずっと優の見てきた丸は、全部どこかに小さな小さなすき間《ま》が開いていた。視力検査の輪《わ》のすき間を、うんとせまくした形。そういうもんだと思っていた。すき間のない完全な丸なんて見たことない。生まれてから一度も……。

日の丸みたいにぬりつぶしてあるのなら、すき間は見えない。フラフープとか輪ゴムとか立体的なものならこれも大丈夫。ただ、紙に線で描《えが》いてある丸は、優が見ると小さなすき間が一カ所、必ずあるんだ。

……丸ってそういうもんだと思ってた。

ぼうぜんとしながら優は「これって、ぼくだけなんだろうか？」

優は文句をつけようのない少年だ。成績優秀、運動神経抜群《ばつぐん》、背は高く、タレントの藤原竜也《ふじわらたつや》に似た顔立ちで、小さいときからバイオリンを習ってる。けん玉や、スカートめくりすらうまい。

尊敬するおとうさんは大学助教授。やさしいおかあさんは教育熱心で、趣味《しゅみ》やボランティアグループの中心的存在。父方の高塔家も母方の若林家《わかばやし》も、祖父祖母から叔父叔母《おじおば》にいたるまで、立派《りっぱ》で自慢できる人たちばっかりだ。

優は、その両家のいいところばっかり集めてつくられた、初孫《はつまご》だ。それなのに、今まで丸が円に見えてない、なんて知らなかった。気づかなかった。

今にして思えば「そういえば……」ということがあることはある。たとえば幼稚園《ようちえん》で、紙にうすく描かれたたくさんの丸を、クレヨンでなぞったときがあった。

先生は、すき間の開いた丸を見て、

「まあ優くん、あなたの丸は芸術的ね。さすが書道家のおじいさまの血ね」

とほめてくれたんだ。

　みんなで順番《じゅんばん》に、オリンピックのマークを、指でなぞったときのことも思い出す。優の指は線のとぎれて見えるとこを、ちょんちょんとんだ。そしたら、

「優くんの指には、リズムがある」

とほめられた。

　そうなんだ。優はなにをしてもほめられる。だって見た目もかわいいし、おりこうさんだし、家柄《いえがら》もいいし、文句のつけようがない。小五の今だってそうだ。五年生なのに生徒会の会長をしてるから、廊下《ろうか》を歩けば女の子がみんなふりかえる。こそこそ話すだけでなく、「かっこいいわあ」と、わざと聞こえるようにいう子さえいる。

丸

ガラス窓に映った姿を見て、自分でもそう思う。でも優はそれでうぬぼれたり、つけあがったりしない。だってそれはあたりまえの、まったく自然なことなんだもの。生まれたときから、ほめられつづけているんだから、とりわけ喜ぶほどのことではない。

男の子にだって、優は人気がある。なんとなくまわりにみんなよってくる。話がもりあがり、笑いがうずまく。優の物知りに舌《した》をまいて、聞きほれてることもある。よってこないのは、はずれもののじん太くらいだ。

じん太はいつも教室のすみに、ひっそり座っている。席がえで、はしっこばかりあたるはずがないのだが、そういうムードがある。だいたい、じいさまみたいな名前がよくない。眼鏡《めがね》顔もかっこ悪いし、体格も貧弱で、当然のように運動神経も劣《おと》っている。走るときなんか、顔をゆがめ歯をくいしばっているんだけど、くいしばるエネルギーを足にまわせよ、といいたくなる。

授業は聞いておらず、ぼんやりしている。聞いていないせいか、頭が悪いせいか知らないけど、成績はとても悪い。

よっぽど好きなのか、ほかにやることがないためか、いつも本を読んでいる。どんな本を読んでいるんだろう。暗い、どよ~んとしたふんいきがただよっているから、妖怪《ようかい》関係の本かもしれない。

女子はもちろん、男子にもつきあう子も、話しかける子もいない。

先生も安心して手をぬいている。だって授業参観にも親は来ない、たまに年とったばあちゃんがしぶしぶ顔をだす、という家庭の子なんだ。

そうじの班でもいっしょになれば、一言二言話すってことはあるが、優にとっては興味《きょうみ》もないし、関係のない存在だ。

それにしてもじん太みたいなやつは、どういう気持ちで、なにを考えながら生きているんだろう。つらいばっかりの人生なんだろうな。そういう生まれ合わせと、あきらめきっているんだろうか。

まあ、そういうパッキングみたいな人間も、この世には必要なんだろう。そしてぼくはパッキングの上に大事に置かれた、最高級のマスクメロンのエリートだ。大安売りや、一山いくらの果物《くだもの》、いろいろあるけど、とにかくぼくはエリートのほうに生まれてよかったよ。

とまあこのように、今まで優は思っていた。じん太はクラスのいやな部分を、一手に引き受けてるようなものだ。じん太のおかげで、クラス全体が明るく楽しくまとまっている、ともいえる。

たとえば、だれもやりたがらないような当番を、ひとり決めなければならないとする。じん太を除くクラス全員一致《いっち》で、すみやかにじん太が選び出される。だからといってじん太が、まともに当番をつとめあげるというわけではないが。

たまたま先生が、朝からきげんが悪いとする。先生だって生身《なまみ》の人間だから波がある。じん太はたいてい、わすれ物をしたり、やるべきことが不十分だったりして、おこる理由に困らない。ふだんはかまわないじん太を、しかりとばすことになる。

じん太が悪いんだからしかられて当然だし、先生のきげんは直るし、ほかのみんなはその間のんびりできるし、自分以外の子がおこられるのを見るのが楽しいというのまでいて、文句《もんく》のでようがない。

もし優がじん太の立場だったら、一日どころか、一分だってがまんできない。それにしても、牛乳びんの底のような眼鏡をかけてる、あのじん太の目ですら、丸は円に見えているんだ。

丸が円に見えていない……深く考えるたちの優は考えこんだ。丸の見えかたが変だとしたら、ほかの形だってまともに見えている、という確信はもてなくなる。

三角や四角の説明も調べてみた。三角形は三つの直線にかこまれた形だという。うん、そのように見えるし、すき間もない。これなら大丈夫だろう。四角形や五角形も、多分、変じゃない。でも星形になったら……と次の心配がでてくる。すべての形を確かめるわけにはいかないじゃないか。

それに、形だけの問題ですまないかもしれない。色だって、ふつうに見えていない可能性がなくはない。

いや、見える、見えないといっているが、目ん玉の問題ではないかもしれない。神経《しんけい》とか脳みそに、根本的異常があるのだとしたら……。

脳に異常！　神経……？

よりにもよってこのぼく、なんでも人より優秀なぼくが、脳や神経がおかしいんだろうか。こんなことが知れたら、おじいさん、おばあさんからはじまって、両親、親戚《しんせき》はなんていうだろう。身内だけじゃない。友だちや先生からどういう目で見られるようになるのか。親には打ち明けられない。ぼくを最高のほこりにしてるんだもの、失望なんかさせられるもんか。友だちにもいえない。だって今までのぼくの立場は、どうなるんだ。みんなぼくを、欠陥《けっかん》のある不《ふ》出来《でき》な人間、て思うだろうな。そんな目で見られたら、そんな視線を浴《あ》びせられたら、ぼく、もう学校に行けない。

丸が円に見えていないことに気づいた優は、まず算数に自信をなくした。が、それにとどまらなかった。

図工の時間、いつもはり出されるような絵を描く優の筆が、すすまない。

「もみじの葉、こんなふうに見えていいんだろうか。コスモスのピンク、ほかの人とちがってたらどうしよう」

となりのやつに確認したいが、そんなことしたら怪《あや》しまれそう。変な目で見られるかもしれない。それでなくても、気のせいとは思うんだけど、こそこそ声がきこえてくるような気がするんだ。

国語の時間も安心できない。今まで「この文章を読んで感じたことを、発表してもらいます。手をあげて」といわれれば、真っ先にあげていた。今はそんな気になれない。だって、ほかの人とちがったことを感じたらどうしよう。理科の時間だって……社会の時間だって……。

授業だけではない。給食を食べて「うまい」「まずい」というのだって心配だ。だいたい緊張《きんちょう》して食べているから、味なんかよくわからなくなってきた。

学校では気を張りつめているから、家に帰ったときぐらいほっとしたいが、そうはいかない。不安を抱《かか》えながらも優は、両親の期待どおりの、いい子をやらなくちゃならない。なにしろ、生まれてこのかたずっと〝家族のほこり〟をやっている。いまさら〝ごみぼこり〟でしたなんていえない。

「丸が円に見えてない」という悩みは、優の心が大好物らしい。食い荒《あ》らしたあげくに、ものすごい勢いでふえ、優の中を走りまわっている。

一カ月もすると、優は悩みでふくれあがって、爆発寸前《ばくはつすんぜん》。

「ああ、もうだめだ。悩みをはき出せたらいいのに。だれか、聞いてくれる人、いないかな。すーっと空気がぬけるみたいに、気持ちが軽くなるかもしれない。ぼくがふつうじゃないのを知っても、ばかにしそうもない人……」

ひとりひとり思いうかべてみるが、なかなか適当なのはいない。

豊《ゆたか》は自分がしゃべるばかりで人のいうことは聞けない。貴志《たかし》は人の弱みを喜ぶやつ。智《さとる》は秘密《ひみつ》が守れない。

「そうだ、じん太!」

じん太ならやつのほうが、よっぽどふつうじゃない。それにやつは、めちゃ算数が悪いから、いくら丸が円に見えない優でも、見下される心配はない。口もかたそうだ。あいつが用事以外の話をしてるの、見たことない。

気づいてみれば、じん太くらい吐《は》き出すのに好都合《こうつごう》な人物はいない。先生がむしゃくしゃをいくらぶつけても、だまっておとなしくしてる。わるいけど、ごみ箱みたいなやつだ。

優はじん太の行動を観察し、ふたりになれる機会をねらった。じん太は本を読みつづけて、放課後教室にのこっていることがある。

その日、優はいつもいっしょに帰る仲間をまいて、教室にもどった。

ごみ箱じん太はいた。優を気にするようすもなく、本を読んでいる。まさか口きり一番「ぼくの、秘密の悩みを、聞いてくれ」とはいえない。世間話《せけんばなし》風にもちかけよう。

「おい、じん太。きみん家《ち》、ふたりだけなんだろ」

読みかけの本から目を上げて、度の強い眼鏡ごしに、

「うん」

「おばあさんだけじゃ、さみしいだろ」

「いや、うるさい」

「えっ、なんで?」

じん太は大きなため息をつくと、

「おいのりの人が毎晩、大勢《おおぜい》集まってきて、ドンドコたいこをたた

きながら、大声でさわぐんだ。もううるさくってたまんない。ありがたいお話っていうのも、無理やりきかせようとするしさ」

いきなり、知らない世界の話になったため、優、無言。

よっぽどまいっているらしく、めずらしくじん太はしゃべった。

「本も読めないから、なるべく家にいないようにしてる。いるときは、できるだけ早く寝る」

いつまでもだまってつったってる優を、そろそろやりすごそうとしてるのか、つぶやくように、

「その点、学校はいいよ。時どき、先生とかみんなが、なにかいってくるけど、うけながしてればすぎていくし」

優はおどろいた。

「それじゃなにかよ、じん太のほうがみんなから話しかけられるのを、さけてるっていうのか」

「うん、だっておれ、読みたい本いっぱいあって、いくら時間があってもたりないんだ」

「図書室であまり会ったことないけど……」

「学校の図書室程度じゃ、おれの好《この》みの本がないんだよ。県立図書館にいくんだ。ちょっとした顔なんだ、おれ」

じん太の本性《ほんしょう》を知って、びっくりひるみかげんの優は、態勢《たいせい》を立て直した。

「ふーん、それにしたって、親がいないというのは、なにかと不便だろ」

「いんや、いるよりよっぽどいいよ。二年前に、ふたりともいなくなったんだけどね、それまでは大変だった。毎晩すごいけんかで、生きた心地がしなかったよ。おれの左耳、まきぞえくってなぐられてから、聞こえにくくなってるんだ」

丸

すかさず優、

「ぼ、ぼくも目が変なんだ、っていうか見えかたがね……」

「へえ、おまえんとこもね……すごく見えにくいの？」

と、じん太は心配そうにまゆをよせた。優は息をすってから、重々《おもおも》しく、

「丸が円に見えない。すき間が開いている」

心のわだかまりを吐きだした。

「ふ〜ん、それだけですんだの、よかったね。それって、どういうときに困るんだい？」

「いや今は、まだ……、たいしてべつに……」

ものすごく重大な悩みのはずだった。だのにちっぽけすぎて恥《は》ずかしいような、みょうな気分になった優は、しどろもどろになった。

「たいしたことないといいね。それに、そのうちおまえんとこの親

も、きっといなくなってくれる。それまでのしんぼうだ。希望《きぼう》をすてずにがんばれ」

　そしてじん太は本を引きよせると、

「もうちょっとでこの本、読み終えるんだ。じゃあ悪いけど、もう話しかけないでくれ」

　ひとり帰る道、悩みを吐きだした優は、ガスのぬけた、のびきってしまった風船みたいな気分だった。

　そして初めて気づいた。

「丸が円に見えないからって、今までの自信があったぼくと、今のぼくとなんにも変わっちゃいないんだ」

　なにも変わっていないはずなのに、新しく生まれ変わったような、新鮮《しんせん》な気分なのがふしぎだった。

丸

体がかってに動いたら

放課後、教室にはおだやかな秋の夕日がさしこんでいた。窓からさくらの葉が、まだまだ青い緑をのぞかせている。

トイレから教室へもどってきたぼくは、残っておしゃべりをしている、友だちの輪に近づいた。

みんな、なにを話しているのだろう。ぼくも仲間に入れてもらいたい。けれどぼくは、友だちの中にうまく入りこむのが、なんとも苦手なんだ。

後ろからそっと近より、耳だけ仲間入り。明《あきら》が困った、という感じで話している。

「おれ、きのうの夜中に目がさめてさ、トイレに行ったんだ。オチンチンだそうとしたら、ないんだ。またか、と思って庭のいちじくの木の枝にさがしに行ったら、やっぱりいたよ。かわいいいちじくの実と並んで、仲よくおしゃべりしているんだ。このごろ、時どきそういうことがあるんだ。呼びもどして、おしっこしたんだけど、もうちょこっとで、もらすとこだった」

聞いたぼくは、ぎょうてんした。いったいなんの話をしているんだ。ところがほかのみんなは、変な顔もせずに「うん、うん」と聞き続けている。

続けてみや子が、

「あら、わたしなんか三日前、頭がすうすうすると思って目ざめたら、髪の毛がなくて、頭が冷えきっているじゃない。髪が帰ってくるまで、タオルでもかぶっていようと、おじいちゃんの部屋に取りにいったの。そしたら、おじいちゃんがグーグー眠っていてね、つるつるはげ頭にあたしのおかっぱの髪が、すっぽりかぶさってた。おじいちゃん、髪の毛がないのをなげいていたんで、なんとかしてあげたいと思ったんですって。その気持ちはかうけど、わたしは困るわよね」

ぼくは、ますますびっくりした。

「みや子はまだいいよ」と強《つよし》がいう。

「けっきょく、全部、もどって来たんだろ。いいなあ。前におれも、そういうことがあってさ、朝、もどって来たことは来たんだけど、全部じゃなかったんだ。どういうわけか、少し足りなくなってて、ほら、ここんとこ、はげになっちゃったんだ」

と前髪を、かきあげて見せたところには、一センチぐらいの、まあるいはげがあった。

「困るよねえ。あたしたちにいつも使われているから、体のほうもたまに遊びにいきたくなるのはわかるけど」

「体あってのぼくだし、ぼくがいての体なんだから、お互いにがまんしあわなくちゃ、とは思うよ」

「日中はいつも体を使ってるから、眠っている夜中に出かけてくれたほうが、まだいいことはいいんだけどね」

「だけどさ」と明がいいだした。

「夜中になにか、事故《じこ》にでもあったら、と思うと心配」

明のことばに、いきおいこんで弓子《ゆみこ》が、

「そうなの。この前、夜トイレに起きたの。手を洗おうとして気づいたら、洗面台の中で、わたしの薬指が、おぼれかかっているじゃない。寝る前、つぎの日学校に持ってくエプロン忘れないようにって、サインペンで薬指にメモしたんだ。それが気持ち悪くて、水浴《みずあ》びに行ったんだって。わたしがトイレに起きたからよかったけど、気づかなかったら、どうなっていたんだろう」

「おれがたまげたときはね……」

大樹《たいき》もぜひ聞いてくれというように、

「腹《はら》へって、夜中、目さましたんだ。台所で、なにか探そうと思って、電灯《でんとう》つけたの。そうしたらふらふらするし、ものが二重に見える。なんと右目と左目がけんかしてた。互いにあっちとこっちを向いて、かってに動いてんだ。昼間、左目が右目にガンつけられたって、文句いったのが原因で、けんかになったらしい。仲直りさせるの、大変だったー。目が回って、しばらく気持ち悪かったよ」

と、ため息をついた。

みんなの後ろで聞いていたぼくのほうが、気分が悪くなって、そっと離れようとしたら、気づいた強が呼びかけた。

「おい圭介《けいすけ》、おまえだってそういうこと、あるだろ?」

そんなばかなことあるはずない、冗談だろ、といいたい。でもみんな、大真面目《まじめ》だし、そこにいる全員、経験があるっていうんだもの、ぼくにはいえない。

それでなくとも、ういてるやつ、と思われているぼくなんだ。日ごろからみんなの話題に合わせようと、ちっとも好きじゃないんだけど、テレビで野球やサッカーをお勉強したり、歌番組を見てはやりの歌を覚えたり、努力してるくらいだ。

「もちろん……あるさ」

思わずいってしまった。

「やっぱりなあ。どんな?」

うっうう……、困った。でも、なにかいわなくちゃいけない。

「ぜんぶ……全部だよ」

みんなは「えっ、全部!」と驚き、いぶかしがりもせずに「それじゃあさぞかし、大変だったろうねえ」と口ぐちに同情してくれた。

「どってことないよ。へっちゃらさ」

ぼくがなにげないふうにいってみせたので、みんなから「すごい」

という声があがった。きみょうな気分だったけど、ちょっとうれしかった。

その夜のことだった。夕食のカレーが辛《から》かった。水を飲みすぎたせいか、寝てから目がさめてしまった。

トイレに行きたい。電灯をつけるために、スイッチに手をのばしたつもり。でも電灯はつかない。

ぞくっ、としてはっきり目ざめた。

ぼくの体がない！　寝床《ねどこ》はからっぽ。

全部なくてもへっちゃらだという言葉《ことば》を、ぼくの体は聞いていたんだ。そして腹を立てたとか、いじけたとかしちゃったにちがいない。ああ、どうしよう。

ぼくの体は、どこに行ってしまったんだ。

けい子の窓

「ああ、自分だけの部屋がほしい」

けい子は思った。

きょう学校で、女の子どうしで話をしている時、子ども部屋の話になった。なんと、自分だけの部屋がないのは、けい子だけだった。まいも、えみ子も、ミカも「けいちゃん、自分の部屋ないの。おとうさんやおかあさんといっしょに寝ているの。へーえ」

まるでばかにしたようにいう。

その後、自分の部屋のインテリアの話になってしまったので、けい子ひとり、ういてしまった。

口をはさめず、みじめな気分になったけい子は、友だちと遊ぶ約《やく》束《そく》もしないで帰ってきて、茶の間でひとり、もんもんしていたのだ。

ガラっと玄関《げんかん》の戸があいて、木枯《こが》らしとともに、おにいちゃんが帰ってきた。

「ただいま」

「おかえんなさい。きょう学校でね……」

けい子は話しかけようとしたが、おにいちゃんは、

「いま、いそがしいから」

と、すぐ自分の部屋に入ってしまった。部屋のとびらには、「親しき中にも礼儀《れいぎ》あり」と書いた紙がはってある。

しつこくいうとしかられる。けい子は茶の間のテレビのスイッチを押《お》した。今の時間、面白い番組がないのは知っている。でもほかになんにもすることがないのだ。

テレビはやっぱり面白くない。すぐに消してしまった。

おとうさんもおかあさんも仕事でいない。おばあちゃんの部屋に行ってみる。

「おばあちゃん、何してるの」

声をかけながら戸を開けると、おばあちゃんはいつものように、石油ストーブの前でテレビを見ている。

「おや、けい子かい。今、歌舞伎中継《かぶきちゅうけい》やっているんだよ。いっしょに見るかい」

と、おばあちゃんはいうけれど、歌舞伎なんて、もちろん見る気がしない。

「おばあちゃん、テレビばっかり見てて、よくあきないね」

「そりゃそうだよ。若いころはまだテレビがなかったし、これまではいそがしくて、まともに見られなかったんだもの。この年になって、ようやくゆっくり、見られるようになったんだけど、いくら見ても、今までの分に追いつかないよ」

いいながら、ごくっとお茶を飲み、目はテレビから離さない。

けい子はまたひとり、茶の間にもどった。こういう時、ひとりぽっちでも自分の部屋があれば、本を読んだり、ラジオを聞いたりして楽しくすごせるような気がする。

「自分の部屋がほしい」

けい子はつくづく思った。まいも、えみ子も、ミカも自分の部屋をもっている。そりゃ、えみ子みたいにお姉さんといっしょという人もいるけれど、けい子みたいに机は茶の間のテーブル、本や教科書はサイドボードのすみ、ほかのものは家中のあちこちに置いてある、なんて子はいない。

けい子の家の部屋の数は四つ。おにいちゃんの部屋、おばあちゃんの部屋、おとうさんとおかあさんとけい子が寝る部屋、茶の間、あとは台所とふろ場とトイレと物置《ものおき》。

おにいちゃんはずるい。中学生になった時、ぜったい勉強するからと、おかあさんがパートに出る前、仕事に使っていた小さな部屋をもらったのだ。これで私が中学生になったらどうなるんだろう、とけい子は思った。

「私も自分の部屋がほしい」

というけい子に、おかあさんは、

「茶の間を、けい子の部屋ということにしたら」

茶の間なんてみんなが出入りする、通路をしきったような部屋だもの、自分だけの部屋になりっこない。

「私もちゃんとした自分の部屋がほしい」

「そんなことといったって、この家にそんな余分《よぶん》な部屋はないでしょ」

「建《た》て増《ま》しすれば」

「ここは借りているの」

けい子の家は建てて四十年になるという、古い日本家屋《かおく》の借家《しゃくや》だ。新しく建てる時は、ぜったい私の部屋をつくってもらうんだ、とけい子は思った。カーペットをしいて、ベッド、机、本ばこを置いて、ピアノだって置く場所さえあれば、買ってもらえるかもしれない。ピアノの上には、お人形のリノちゃんや写真立て、お花でいっぱいの花びん。大きい窓があって、白いレースとピンクのカーテンがゆれる。わか草色のカーテンもいいな。

そう、大きな窓。

夏の夜なんか、カーテンを閉じないで夜空の星をながめながら眠る、なんてこともあるかもしれない。

秋の雨の日、小雨《こさめ》にけむるむこうに、高い木がおぼろに見え、はりついた落ち葉がガラスのもようになる。

冬はあたたかな部屋で、大きなボタン雪がおりてくるのを、くもったガラスをふきながら見る。

春、窓をあけて外に咲《さ》く花を見ながら、クッキーをつまんでのお茶の時間。黄色いちょうちょうが窓からひらひらまいこんでくる。

でも……でも……まだ私の部屋はない。家の前は交通のはげしい灰色の道路だけ。木も花も、なんにもない。

夕方パートから帰ったおかあさんは、台所で夕食のしたくをしていた。けい子は茶の間で、ぎょうざの具を包むお手伝いをしながら、

「あーあ、自分の部屋がほしい」

けい子のつぶやきを聞いたおかあさんがいった。

「けい子、それじゃあ、寝ている部屋の、このすみっこを、あなたの部屋ということにして、あなたの持ち物を置きなさい。ここのたなを空《あ》けてあげる」

夜のうちおかあさんがかたずけてくれたカラーボックスに、次の

日、学校から帰ったけい子は、のろのろ引っ越しをした。ランドセル、教科書をはじめ、集めているキーホルダーや、シールなど大事な物の入った箱。

おかあさんが苦心して、この場所を空けてくれたのはわかるけど、けい子の理想とはあまりにちがう。なんかむしゃくしゃした、みじめな気持ちだ。

もちろん窓なんかない。かべだけ。おまけに上のほうに神棚《かみだな》まである。けい子はすぐ整理の済《す》んでしまったカラーボックスの前で、ひざをかかえて座りこんだ。ゆううつな気分につつまれて、ひざに顔をうずめる。

「そうだ、窓をつくろう」

けい子は大きな画用紙にクレヨンで、窓から見える風景を描いた。遠くに緑の山なみ、ぬけるような青空に、ふんわりした白い雲、広い野原が広がり、目のさめるような赤い花がてんてんと咲いている。

窓からの景色だけは、灰色の冬を忘れるような、明るいのにしたい。


「ただいま」

めずらしくおかあさんが早く帰ってきた。

「ああ、寒かった。きょうね、仕事で外に出て、家の近くだったから、そのまま帰らせてもらったの」

けい子の絵をのぞきこんで、

「なに描いているの」

「窓にする絵よ。ねえ、おかあさん、窓のカーテンにしたいから、あまり布をちょうだい」

絵をかべにはり、おかあさんからもらった花もようの布を、画びょうでとめる。カーテンを開けた時、左右にふんわりとしばるリボンもつけた。

おかあさんは、いっしょにながめながら、

「ねえ、ここに白い花の咲いた、りんごの木があるといいね。おかあさんが作ってあげる」

と三十分もかけて、ティッシュペーパーの花をたくさん咲かせた紙の木を作り、はってくれた。

「あの木のりんごが赤くうれたら、ふたりで、採《と》りに行こうね。そしてかごにいっぱいもいで、おいしいりんごジャムを作って、みんなに食べさせてあげよう。おとうさんたら、おかあさんはこういうのはうまいんだな、なんていったりして。うふ」

おかあさん、ジャムの作り方なんて知っているのかしら……とお店で買ったのしか食べたことのないけい子は思った。

そこへおにいちゃんも帰ってきた。

「あれ、おかあさん、帰っていたの。なにか食《く》うものない」

といいながら、けい子たちの部屋に入ってきた。

「おっ」

といいながらしばらく、絵の窓を見ていたが、

「この窓、けい子がつくったの。こういう原っぱには池がないと画《が》竜点睛《りょうてんせい》を欠く、ってもんだ」

「ガリョウテンセイヲカクってなに、おにいちゃん」

「97点のテストみたいだってこと」

おやつをもらったおにいちゃんは、自分の部屋でしばらくなにかしていたが、紙の池を持ってきて、窓の野原にはってくれた。池にはいろんな魚や、カニやカメまで描きこんであった。

「塾《じゅく》とかスポーツクラブを休んで、一日のんびりこういう所で、魚つりでもしてみたいなあ」

そう、おにいちゃんはいつもいそがしい。その夜おそく、仕事から帰ってきたおとうさんが、

「きょうは、こうこうとさえわたった、いい月夜だぞ。駅から家まで、お月さまと影法師《かげぼうし》と三人づれで帰ってきたんだ。おや、けい子はもうパジャマか、早く寝なさい。こんど早く帰れたとき、いっしょにお月見しよう」

けい子はおとうさんとお月見がしたい、とは思わなかったが、

「おとうさん、お月さまの見える窓がある、自分の部屋がほしい」

着がえながらおとうさんは、

「う～む、部屋はすぐ、というわけにはいかないが、そのうちにな。この窓のほうはなんとかしてやろう。おい、紙とはさみもってきてくれ」

黒い紙に、真《ま》ん丸《まる》い黄色の月をはり、それを窓の野原にかさねて

はった。けい子はその月を見ながら「部屋のほうもよろしく」と思いながら眠った。

二、三日後、学校から帰ってきたら、窓はすっかり変わっていた。なにかのポスターらしい外国の写真がはってある。おまけに死んだおじいちゃんと、おばあちゃんの写真まではりつけてある。

「おばあちゃん、あれは?」

「うふふ、おかあさんにけい子の窓のことを聞いたの。それで私もやってみたくなったわけ。おじいちゃんと一ぺん、外国に行ってみたかったんだよ。ほら、ホテルの窓から見おろしているみたいだろ」

けい子はおばあちゃんに、一日窓をかしてあげることにした。おばあちゃんはお菓子《かし》をくれ、おじいちゃんのことや若いころの話をしてくれた。

夕方、おとうさんとおかあさんが帰ってくるまえに、けい子は窓を月夜の窓にした。月のまわりに、金紙で作った星を、いっぱいくっつけた。

一ばん大きく、きらきらしている星に「早く私に、本当の窓のある部屋ができますように。ついでにみんなの願いもかないますように」と祈《いの》った。

念を入れて、上の神棚にも「よろしく」と手をたたいた。

ねえ、オバン、聞いてよ

薄紫《うすむらさき》の花が、重たげにさくあじさい。その下から飛び出してきた、緑ガエル。今年生まれたばかりで、まだ小指の先ほどしかない。純《じゅん》平《ぺい》のくつ先を、ぴこぴこ跳《と》びはねながら逃《に》げる。

ふみつぶさないように気をつけながら、庭を通りぬける。玄関のかぎを開け、戸をガラガラガラ。

「オバン、ただいま、さみしかったろ」

と声をかける間もなく、飛んできたオバンは、純平にじゃれつく。ワンワン、クンクンあまえてくる。

純平もしゃがみこんで、愛犬の首をだき、ほおずりする。やっと会えた恋人どうしみたいだ。

昼間の長い間、たったひとりで、いや一匹で、待っていてくれたかわいいやつ。退屈をもてあまし、ぼくの帰りだけをひたすら待っていたんだ。

純平の胸に、あたたかい思いがこみあげてくる。

「そうか、そうか、ぼくが帰ってきたのが、そんなにうれしいか。ううっ、かわいいやつ」

ぽたぽたしっぽをふりながら、オバンはクーンクーンとあまえる。

「まってな、おやつにしよう」

純平はランドセルをおろす。おやつ用の棚からポテトチップスをとると、袋《ふくろ》をバリバリやぶいた。ペットボトルのウーロン茶を飲みながらかじる。オバンにもやる。

そしてオバンにきょうの報告をする。

「ねえ、オバン、聞いてよ。きょう、すごいことがあったんだ」

純平は興奮《こうふん》ぎみに、しゃべりだした。

「美保《みほ》ちゃんから、あじのフライもらったんだ。給食のとき『わたし、魚きらい。だれか食べて』って。たまたまそばにいて『ぼく、ほしい』っていったら、もらえたの。夢のような味だった」

いっしょに喜んでるように、オバンはクーンとないた。

「ほんとに幸運だった。ハンバーグみたいに人気のあるもんだったら、たとえ美保ちゃんが食べなくとも、絶対ぼくまでまわってこなかったんだよ」

オバンはなにかいいたそうに、純平の目を見た。

言葉《ことば》はないが、オバンは純平のいってることなら、なんでもわかる。そりゃそうだ。もう何年も純平の話を聞いてるというか、聞かされてるんだ。

だから純平が「な、そうだろ」とか「おまえだって、そう思うよな」とか賛成してほしいときは、いいタイミングでクンとかホェーンとか、オバン流のあいづちをうつ。

純平はオバンが相手だと、楽《らく》に話せる。自分の思いを自由自在にしゃべれる。脳みそにうかんだことが、そのまま言葉になってとびだしてくる。なんの気がねもない。

友だちに対しては、そうはいかない。たとえば三、四人で前夜のテレビドラマの話題で盛り上がったとする。

「おい、純平、あのけんかの場面、かっこよかったな」

まず純平は、そのテレビドラマを見ていないことが多い。しかしあっさり「見てない」といって、仲間外れにされたくない。脳みその中で「見てない」という言葉と、気のきいた言葉をさがす気持ちが、争いはじめる。しかし、そうそういい言葉が見つかるものではない。

言葉がまわってこない口のほうは、ぽかんと開いているだけ、というわけにもいかない。なにか話そうと努力する。言葉はない。結局「もごもご」なにをいってるのかわからない声がもれるだけだ。

偶然《ぐうぜん》、テレビドラマを見ていたとする。

「おい、純平、あのけんかの場面、かっこよかったな」

そういわれても、純平はけんかなんか興味ない、というより大っきらいだ。だとしても、思ったとおりをいってしまったら、せっかく盛り上がってる話が白《しら》ける。

そこで自分の気持ちはおさえこむ。盛り上がりをこわさない、適当な言葉をさがそうとする。なかなかいいのが見つからない。結局「もごもご」、ときには苦しまぎれに、手当たりしだい、ぶち当たった言葉を口にする。

「ぼく、『喧嘩《けんか》』って漢字、読めるんだ」

……

しらけ鳥がとびかうことになる。

純平がこんなに気を使っているのに、へんなやつといわれ、どうも友だちとうまくやれない。だからオバンとしゃべるときは、ほっとする。気を使う必要がない。

オバンが純平の家に来たのは、四年前の今ごろ。梅雨明《つゆあ》けの季節だった。夜、知り合いのおじさんが、

「おばんでーす。これが前からいってた、例の犬です」

「おばんです」という夜のあいさつを、小学二年の純平は、犬の名前と思い込んでしまった。

「絶対反対、メナードとか、ココとか、シャネルとか、もっとしゃれた名前がいい。オバンなんてとんでもない。せめてオネエとか……。いや、それだってやだ。だいたいこの犬、牡《オス》なのよ！」

という、おかあさんの大反対もむなしかった。あっという間に純平は、オバン、オバンとよび慣《な》らしてしまった。

オバンは、血統書《けっとうしょ》とはなんの関係もない、という顔、スタイルをしている。どちらかといえばぷっくりした小型犬で、それほどながくもないきつね色の毛、鼻づらは短いほう、大きくもない耳はたれぎみ、しいていえば大きめのしっぽ、特徴《とくちょう》がないのが一番の特徴というりっぱな雑種犬《ざっしゅけん》だ。

最近オバンの世話は、ほとんど純平がしてる。三人家族で、両親とも働いている。友だちと過ごすより、ひとりで家でもぞもぞしてるのが好き、というより、友だちと付き合うのがへたな純平にとって、オバンは友だちであり兄弟だ。

おとうさんは、二年前から遠くの営業所に単身赴任中《たんしんふにんちゅう》だ。休みが続いたときしか帰ってこられない。

毎週土曜の夜、おとうさんから電話がはいる。初めのころ純平は、おとうさんはなんでも知ってると、まだ思っていた。勉強のわからないところはもちろん「タバコをすったら、大人になれるの?」とか「総理大臣《そうりだいじん》っていいひとなの?」とか「仏様《ほとけ》とキリスト様は親戚《しんせき》?」きけばなんでも答えてもらえると思っていた。

土曜の電話のたびに、ふしぎなこと、疑問点、なんでも質問していた。おとうさんはいつもあざやかに、すみやかに、うれしそうに答えてくれた。

ところが最近、

「それは次のときに教えてあげる。楽しみはとっておこう」

とか、

「少しは自分で考えてごらん」

とかいうようになった。

「あれ、おとうさん、大人のくせにわかんないの」

などと、プライドを傷《きず》つけることはいわないのが、純平のいいところである。

「うん、来週まで楽しみにしてるね」

とか、

「自分でも考えてみるけど、おとうさんにはかなわないからなあ」

おとうさんの楽しみをつぶしたり、やる気をくじかないいいかたができる純平は、成長したもんだ。そして本当に相談したい美保ちゃんのことは、なかなか話せないのがわかった純平だ。

ではこの件に関して、おかあさんには相談するか？　いや、デリケートな問題は、おかあさんと話そうとは思わない。

実をいうと相談しかかったことがある。

遠くで鳴くカエルの声をききながら、ふたりで夕飯を食べているときだった。会話がちょっととぎれた。沈黙《ちんもく》をやぶるように、

「もしもだよ、ぼくが、クラスの女の子を、好きになったとしてだ

よ、その子と仲よくなるには、どうしたらいいと思う？」

なんのためらいもなく、

「あら、そんなの簡単《かんたん》よおー。その子のところにいって、『ぼくはあなたが好きです。付き合ってください』といえばいいじゃない」

むぞうさで、おおざっぱないいかたにあきれ、

「そんなこと、いえっこないじゃないか」

「そうかしら、一番簡単で、はっきりしてると思うけど。それにしても純平、こんなことといいだすなんて、だれか好きな子、できたのね」

「そんなことないよ」

あわてて打ち消したが、すごい迫力《はくりょく》でせまってくる。

「いや、きっとそうだ。そうにきまってる。ねえねえ、だれ？　おかあさんにおせーて、おせーて」

まるでテレビのワイドショーで、マイクをつきつけるレポーターみたいだった。

あげくのはて、クラス全員で撮《と》った写真をもちだしてきて、刑事《けいじ》に変身した。ひとりひとり女の子を指さし、純平の顔色を見る。なんとかまいたが、もうこりごりだ。

心おきなく話せるのは、やはりオバンしかいない。美保ちゃんを思うと、あふれそうになるこの想《おも》い。

「美保ちゃんはね、とってもとっても、かわいいんだ。長い髪に、きれいなリボンをつけてる。おさげにしたり、ポニーテールにしたりいろいろだけど、なんでもとっても似合うんだ。すっごくかわいい。よく、なかよしグループでおしゃべりしてるけど、小鳥がさえずってるみたいなんだよ。ちらっと男の子のほうを見るときの目なんて、もうなんていったらいいか、殺人光線。ぼく、浴びたら死んじゃうよ。成績はそんなにいいわけじゃないけど、ぼくだって自慢できるほどのもんじゃないし……。ああ、美保ちゃんのそばにいられて、美保ちゃんのひとみにぼくが映《うつ》ってるのが見れたら、どんなに幸せだろう。オバンにも会わせてあげたいよ。オバンだって一発で、美保ちゃんのとりこになっちゃうよ。かわいいんだぞう」

オバンはクァン、クワンとないた。なにかいってるつもりなんだろう。だけどオバンはしゃべれない。

純平の話はつづく。

「もしもだよ、美保ちゃんがぼくを好きになってくれたら、デートするんだ。そよ風の吹くすてきな日に、ふたりで遊園地に行く。コーヒーカップに乗ったとする。美保ちゃんは『純平君、目まわんない？　わたしもう、ふらふら。純平君て強いのね』なんて。ベンチに座って、ひとつのソフトクリームをかわりばんこになめる。『純平君、鼻についたよ。ふいてあげる』。それから手をつないで歩く。『飲みものがほしくなったわ』『ぼく、買ってくる。コーラ？　ジュース？』『純平君のいいほうでいいわ』。買ってきたコーラを飲みながら『純平君の買ってきてくれたコーラ、おいしい』なんて……」

話しながら、うっとりしている純平の想像は、とどまるところをしらない。

それをオバンはおとなしく、クオンクオンと小さくないて聞いている。なにしろオバンはしゃべれない。

この日純平はくちびるをかんで、走るように帰ってくるなり、オバン相手に話しだした。

「オバン、聞いてよ。ぼく、失恋《しつれん》しちゃった。小六で失恋なんて、悲しすぎる」

オバンはホェンホェン、小さくないた。

純平の話はこうだった。きょうの図工の時間、校内どこでも自分の好きな所で写生することになった。

純平はそっと、美保ちゃんの後をついてまわった。

「美保ちゃんの場所が決まったら、美保ちゃんの見える所で、ぼくは写生しよう」

その計画はずばりうまくゆき、いかにも真剣《しんけん》に風景を見てるような目つきで、美保ちゃんを見ながら写生をはじめた。

写生が半分まで進んだところで、純平は気づいた。

美保ちゃんも同じことをしてる！

美保ちゃんの視線の先には、サッカー部の渉君《わたる》がいた。渉君は美保ちゃんの視線に気づいていて、時どき笑いかけたり、ウィンクしたりしてる。美保ちゃんもそれを返してる。

ふたりのやりとりを、まざまざと見せつけられ、純平はうちのめされた。こんなふたり見たくない、場所かえたい。でも時間がすすんでしまっていて、いまさら写生はやり直せない。

純平はオバンに、気持ちをぶっつけた。

「つらくてつらくて、胸がはりさけそうだったよ。ああ、だけど……だけど……美保ちゃんが渉君を好きでも、ぼくの気持ちは変わらない。どうしても大好きなんだ。こういうのって、男らしくないのかな。ぼくいったい、どうしたらいいんだろう。きっぱり、あきらめたほうがいいんかな。美保ちゃんの幸せのため、ぼくは身を引くべきだろうか。あしたから美保ちゃんに会うの、つらい。学校なんか行きたくないよ。ねえオバン、どうしたらいい？」

オバンは純平をちらりと見て、フヒンフヒン。なにかいっているみたいだ。

「ああ、オバン、なぐさめてくれてるんだね。おまえの言葉がわかったらいいのに。どうすりゃいいかってことも、相談できるのに」

「ホェーン、ホェーン」

「うんうん、そうだよね、ぼくはまだ小六だ。それにきょうのことだけで、ぼくの人生が決まるっていうもんでもないよね。まあ、もちっと様子をみてみるよ」

「キャン、キャン」

「オバン、心配しないで。ぼく、大丈夫だよ。オバンと話して、気持ちが落ちついた。あした、学校に行けそうだ」

夏休みまでもう一カ月、とびっきり暑い日のことだった。

学校から帰った純平は、いつものようにオバンと遊んでいた。暑さにまいっているオバンを元気づけようと、なでたり、くすぐったりしてからかっている。

そしていつもやるように、両手でオバンの両ほおをはさんだ。顔をひきよせて、これもいつものようにチュをしようとしたら、オバンが顔をそむけようとした。

はずみでほっぺと口の上のほうの皮が、よじれるように口もとに引っぱられた。もともとそこらの皮が、たるみぎみだった。

くちびるをとがらしたような形になったとき、オバンは息を吐《は》いた。

「フッ」

という声に聞こえる。

あれえ、ひょっとしたら、皮が引きよせられて、人の口みたいになったら、オバンはしゃべれるかもしれない。

なにか役立ちそうなものがないかと、もの入れをひっかきまわしてみた。なにに使っていたのかわからない、幅《はば》の広い大きい輪になったゴムが一個でてきた。

「これ、使えるかもしれない。オバン、おいで」

オバンは期待のこもった目で、純平を見上げてる。両手で鼻面《はなづら》をはさみ、皮を口のほうによせて、ゴムをはめる。ゴムはあつらえたように、オバンの口もとにフィットした。

「なんかしゃべってごらん」

「フッフ」とか「パッパ」とかためすような声を出していたが、突《とつ》然《ぜん》鼻にぬけるような声ではっきり、

「はらへった」

といった。純平は驚きながらも喜び、すぐドッグフードを出してやった。ガリガリ食べ終え、

「みず」

という。いつもの入れ物にいれてやると、ズッズーと吸い込むように飲む。

すごい。これなら、おしゃべりがすぐに上達しそうだ。そしたら、ふたりでなんでもしゃべれる。美保ちゃんのことだって……。

「あっ、きょうはオバンのシャンプーの日だったよ」

カレンダーの予定表を見ながらいうと、

「いや」

はっきり拒否する。そして、

「さんぽ!」

いつもワンワンなくだけで、散歩に行きたいのがわかるじゃないか。「さんぽ!」とはっきりいわれちゃうと、なんか命令されたみたい。

純平の気持ちがちょっと波立った。

オバンはほんの数日のうちに、たちまちおしゃべりがうまくなった。息のもれるような声でしゃべる。はじめは単語《たんご》だけだったのが、どんどん長い言葉になった。

このオバンの驚くべき能力を、友だちや周りのみんなに自慢《じまん》したい、と純平は思った。

こんなにすごいことだもの、すぐ大評判になるだろう。テレビ局だって、駆《か》けつけてくるにちがいない。オバンの飼い主として、ぼくも、テレビ出演だ。イエーイ、イエーイ。……でもまてよ、テレビ局の人は当然、オバンにいろいろインタビューするだろう。ぼくのこともしゃべっちゃうにちがいない。オバンとチュすることや、美保ちゃんのことは口止めしておかなくては。

口止めしても、テレビカメラの前で緊張したら、なんでもしゃべらされちゃうかもしんない。しゃべるの、慣《な》れてないもんなあ。ぼくが美保ちゃんを好きでたまんないこと、もし失恋したことがテレビで放送されたりしたら……もうぼく学校に行けない。

やっぱり秘密にしておこう。ということは、おかあさんには内緒《ないしょ》にしておくということだ。おかあさんに話すのは、スピーカーのマイクにむかって話すようなもんだ。

当分秘密にしようという、純平の提案《ていあん》に、オバンも賛成だった。見世物《みせもの》にはなりたくないという。

はじめのころ純平は、学校から帰ってくると、ゴムをはめてやっていた。ところがオバンは前足を使って、すぐ自分ではめられるようになってしまった。おかあさんが帰ってくる前に外すのも、自分でしてる。

オバンが話せるようになると、純平との関係が、微妙《びみょう》に変わってきた。たとえば純平が学校から帰る。オバンが待ちかねたように走りよってくる。ここまでは同じ。

今まではワンワン、クンクンだったのが「遅かったじゃないか、なにか残されるような失敗したんだろ」とか「退屈して待ってるぼくのこと、考えてるかい」などなど……。

今までのワンワン、クンクンも、同じことをいってたのだろうか。言葉でいわれると、純平はしかられているような気分になる。今まではただ、かわいいかわいいだったんだけど。

「おやつにしよう。きょうはポップコーンだ」

といえば、

「それ、きらいじゃないけど、いつも安いのばっかかだな」

「じゃ、プリンにする」

といえば、

「ぼくと何年いっしょに暮らしているの。プリンなんてきらい」

とくる。

「ねえ、オバン、聞いてよ。美保ちゃんて、やっぱりかわいいよお。うっとりしちゃう。きょう班替《はんが》えがあって、同じそうじの班になったんだ。美保ちゃんがぞうきん洗ったバケツで、ぼくもぞうきん洗ったの。これって、美保ちゃんと手をにぎったのに、かぎりなく近くない?」

「バカ、アホ、なんてなさけない。ぼくは前から思ってた。君はうじうじした気の小さな人間だ。美保ちゃんて子、いわせてもらえば、ぼく、会ったことないけど、きらいだ。外見だけにこだわる、ちゃらちゃらした、ばかな女の子じゃないか。そんな子を好きになる君も君だよ。いいかい、そういう子は外見のいい男の子にしか興味ないもんだ。君なんか問題にされるわけないよ……」

ものすごい勢いでまくしたてる。純平は言葉もなく、うなだれてしまった。

話すようになってわかったことだが、オバンはものすごいおしゃべりだった。今まで話せなかった分、日中ひとりぼっちで話相手がいない分、純平が帰ってくると鼻声でしゃべりまくる。

ほとんど純平が口をはさむ余地はない。純平に話す番がまわってきたとしても、一言一言にオバンの、するどいつっこみがはいるから、気楽に話すわけにはいかない。

何日かたったある日の放課後、純平は宿題を忘れ、ひとり居残りをさせられた。

ようやく終わり、これで帰れる。

人気のなくなったグランドをぬけ、校門を出ようとした。

あれ、門のわきのブランコに、だれかいる。今ごろひとりきりでいるのは、だれだろう。

立ち止まると、同じクラスのまゆちゃんだった。うなだれるようにしてかけている。

「今ごろなにしてるんだい、どうしたの?」

純平が声をかけると、顔をあげた。目にいっぱいたまった涙《なみだ》が、ほろほろとこぼれた。

「あ、純平君。くすん、聞いてくれる?」

「うん」

「わたしって、おせっかい?　かわいくない?　そういわれちゃった」

「そんなことないよ」

純平は本心からいった。まゆちゃんはなかなかチャーミングな子だ。

「いったいだれに、そんなこといわれたの」

「文《ふみ》君」

文君も同じクラスで、野球のキャッチャーをしてる。目立たないが、真面目ないいやつだ。そんなひどいこと、いうだろうか。

「なにかあったの？」

まゆちゃんは話しはじめた。

前々からまゆちゃんは、文君が好きだった。なんとか仲よくなりたいと思っていた。そうは思っても、なかなか行動にうつせるものではない。

今年のバレンタインデーにも、お小遣《こづか》いをはたいて、特製チョコレートを作った。文君家《ち》の門で、ずうっと待ってて、クラブで遅くなった文君にようやく会えた。

でも文君は、こわい、機嫌《きげん》の悪そうな顔をしていたので、わたせなくて帰ってきてしまった。泣きながら、ひとりでチョコレートを食べたけど、食べ過ぎて鼻血が出てしまった。

四月、クラス替えで、また文君といっしょだったときは、本当にうれしかった。それから気持ちをうちあける機会が、十三回はあったと思う。けれど、みんな素通《すどお》りしていった。

最近、文君がハンカチ、タオルを忘れてくる、という話を聞いた。この情報をもとに計画をたてた。

計画にしたがい、きょうクラブが終わって汗だくの文君に、さっとタオルをさしだした。かねて準備のFをししゅうして、石鹸《せっけん》の香りをつけたタオルである。

そしたら文君、目ん玉が飛び出るかと思うような目で、まゆちゃんをにらみ、

「おせっかい！　いらないよ」

って、つきかえしたんだそうだ。

まゆちゃんは、いくらでも出てくる涙を、ほろほろこぼしながら、

「わたしがもっと、かわいい子だったらよかったのよ。そしたら文君に、きらわれないのに」

純平はこんな場合、なんと言葉をかけていいか、わからなかった。ただだまって、聞いていた。まゆちゃんは、

「話したら、気持ちがちょっと落ちついてきた。しゃべってよくわかったんだけど、それでもわたしは、文君が好き。純平君、聞いてくれてありがとね。もう帰らなくっちゃ」

と、しょんぼり帰っていった。

帰りが遅くなった純平は、オバンにせかされるように、散歩に出た。歩きながらまゆちゃんの話をした。外で話さないオバンは、お

となしく聞きながら歩いている。

散歩コースにある、夏草ぼうぼうの空き地にさしかかった。なんと話題の文君が、放置された土管《どかん》に座って、ぼんやりしている。そういえば家が近かった。

「やあ」

純平はリードを持たない手を、ポケットから出して合図した。文君は気づいて、おいでおいでしてる。近づいた純平に、

「いいとこにきてくれた。だれかに聞いてもらいたくて。純平でよかった」

文君の話はこうだった。

前から文君にとって、まゆちゃんはあこがれの女の子だった。気づかれないようにして、いつも見ていた。バレンタインデーには、もらえるはずのない、まゆちゃんからのチョコレートを想像して、

ホワイトデーのおかえしまで考えていた。

だから家の門で、まゆちゃんに会ったときは、一瞬《いっしゅん》の期待が大きかった。が、すぐもらえるはずのない現実に気づき、がっかりも大きかった。なにげないはずの「ばいばい」が、こわばっていたのを覚えている。

六年になって、同じクラスになれたときは、ものすごくうれしかった。

文君はいう。

「まゆちゃんは、ぼくの女神様だ」

ちょっと幼いところのある文君は、上二人姉の三番目だ。だからおかあさんのかわいがりようはすごい。帰宅後はべったりつきまとい、なんにでも口と手をだす。

六年になってから、文君のタオルとかハンカチに、香水をかけはじめた。「やめてくれ」といっても、ききやしない。恥ずかしくて、学校に持っていけないので、部屋にかくしてくる。

文君は頭にきてる。

きょうクラブが終わったとき、思いもかけず文君の女神様が、タオルをさしだしてるじゃないか。血がのぼり、うろたえ、どうしていいかわからない。

そのとき、香水のような香りがした。ついいつもの「おせっかい！　いらないよ」がとび出していた。

いった文君のほうがびっくりし、タオルをさしだしてるまゆちゃんをおいて、逃げだした。

「あんなにあこがれていたまゆちゃんに、なんてこと、いっちゃったんだろ。どうしたらいいんだろう」

文君は大きくため息をついた。

親身になって聞いてる純平のそばで、オバンがフニィーフニィーと、なき声ともため息ともつかない声をあげている。

「今、話しててわかったんだけど、やっぱりあやまるしかない。どんなに怒《おこ》られても、しょうがない。ぼくが悪いんだもの。なっ、そうだろ」

「うん」

結局、純平の話したのは、その一言だけだった。

「決心がついた。純平、聞いてくれてありがとう。今から、電話する。ばいばい」

文君は手をふりながら、走っていってしまった。

残りの散歩をすませて、家にもどった。さっそくオバンは、ソファの下に前足をつっこんで、ごそごそしてる。かくしてあるゴムをひっぱりだし、器用に口にはめる。

なにしろゴムはこれしかない。微妙《びみょう》なおさえが必要なので、かわりになるのがない。大事に大事にしてる。

そしてオバンは、もうれつな勢《いきお》いでしゃべりだした。

「ああ、いらいらする。まゆちゃんも文君も、お互いに、思ったことをはっきりいってれば、とっくに付き合ってるのに。きょうみたいなトラブルも起きなかったのに。そうすりゃ、ぐちゃぐちゃ話も、聞かされずにすんだのに。君も君だよ、なんでそういって、どやしつけてやらないの。とにかくぼくは……」

一段と大きく声をはりあげたそのとき、

〝バチン！〟

突然、ゴムが……切れてしまった。

とたんにオバンは、ワンワンキャンキャン、ほえるだけになった。

純平はなんかすっとして、ほっとした。犬はやっぱり、ほえるだけのほうがいい。

ゴムはもう使えない。

今日も純平は家に帰ると、おやつをほおばりながらいう。

「ねえ、オバン、聞いてよ」

小鬼のつける成績表

憲《けん》は成績がいい。とてもいい。いい成績は憲のほこりだ。たったひとつのほこりだ。

このほこりを大事に大事にしている憲は、持ってる能力努力のありったけを注《そそ》ぎこんでいる。きびしい塾にだって、うんざりしながら通っているし、テストの前は大好きなテレビもがまんして、一生懸命《けんめい》勉強する。友だちの約束なんか、もちろん勉強優先で変更《へんこう》だ。あてにならない人間といわれているが、かまうもんか。

決して勉強が好きなわけではない。むしろ嫌いだ。でも、と憲は思う。

ぼくから成績をとったらなにが残る？

成績が下がってしまったら、人から認めてもらえそうなものはなんにも残らない。なみはずれた音痴《おんち》。楽器もだめ。スポーツのとりえもない。不器用で絵も工作もだめ。ゲームは好きなのにヘタ。おもしろい話ができるわけでもない。かわいげがないのもわかってる。そんなつもりはないのに、相手をむかっとさせるのはうまい。当然女子にも人気がない、というより嫌われている。

こんな憲でもほめられたい、認めてほしいとはいつも思い続けている。学校場面で憲が光るのは、問題を解くときだ。一番早かったり、ひとりだけできたりする。とにかく国算社理の問題をやるのは得意なんだ。そういうときだけ先生はほめてくれ、同級生はうらやましそうな顔をする。

憲はうれしい。もっともっとほめられたいし、うらやましがってもらいたい。それでつい、自分自身でも大声でほめてしまう。

「ほら、またぼくだけ正解だ。ぼくって天才。ぼく以外はみんなばか」

……だから憲は、嫌われる。当然仲のいい友だちはいない。

学校に入ってからは、成績がいいだけまだましになった。幼稚園のころなんかひどかった。いいとこがまるでなかった。まわりの大人からは「外見も性格もかわいくない」といわれ、園仲間からは理由もわからず、いつも仲間外れ。ひとりで退屈だし、さびしい。しょうがないからけんかをふっかける。その結果、いつも負かされて泣いてた。

入学して勉強というものが始まり、憲は初めて人に認められるものを見つけた。うれしかった。

小六の憲は、男三兄弟の真ん中だ。家でもほめられることなんて、めったにない。ひとつちがいの兄、俊《しゅん》は生まれたときからの障害で寝たきりだ。おかあさんはその世話で忙《いそが》しく、憲はあまりかまってもらえなかった。年の離れた弟、純《じゅん》は小二だ。見た目もかわいいが性格も素直《すなお》で、だれにでもかわいがられる。

あまりほめられた記憶のない憲には、大切にしている思い出がある。小学一年の一学期末、憲の初めての成績表を持ち帰ったおかあさんに、

「憲ちゃん、すごい！　こーんなにいい成績」

といわれたときの感激、体のしびれるようなうれしさ、昨日のようだ。

これでもし成績が落ちたりしたら、憲の価値《かち》なんてまるっきりなくなってしまう。童話の『イワンのばか』に出てくる悪魔《あくま》のように穴《あな》だけが残りそう。

で、きょうはその待望の成績表配布の日。憲と純のふたり分だから、おかあさんは時間をやりくりしてもらってくる。憲の成績のいいのがわかっているから、いそいそ出かけ、にこにこ帰ってくる。

憲と純をよびよせ、

「ほら純ちゃん、憲ちゃんの成績よ。すばらしいでしょ。国語も算数も社会も理科も、ぜーんぶよくできたに○が付いてるの。ほかはもっとがんばろうだけど、そこは目をつぶんなくちゃね。あら、純ちゃんの成績だってよくなってるわ。ほら、よくできたにひとつ○がついたでしょ」

純は尊敬の目で憲をみつめ、自分のたったひとつの○を見て、満足そうににこにこしている。

ふだんほめられない憲は、おかあさんの言葉がすごくうれしい。舞い上がってしまう。それでついロがすべりだす。

「純はなんてひどい成績なんだ。よくできたがたったのひとつ。ぼくのと比べものになんないや。きっと脳みそのできが違うんだ。ひょっとしたら、親が違うのかもしんないな」

それまで、うっとりしていたおかあさんが怒りだした。

「なにいってるの。おんなじに決まってるでしょ」

調子にのってる憲、

「じゃあ、なんでこんなに違うの？」

「知りませんよ、そんなこと……」

すったもんだして、おかあさんはますます怒り、ついに大きな声を出しはじめた。

成績のいい憲を尊敬しきってる素直な純は、

「ぼくと憲ちゃん、おとうさんとおかあさんが違うの？」

とべそをかいてる。

「おまえの成績が悪いから、ぼくがおかあさんから怒られるんだぞ」

憲はいっぱつ純をなぐって、逃げだした。おかあさんのどなり声がきこえる。

いつも成績表配布の日だけは、思いっきり幸せな憲なのに、きょうはしくじった。むしゃくしゃ気分の夕飯後、ふろに入って寝ることにする。俊はおかあさんとふとんをならべて寝るし、純はおとうさんと寝る。ひとり憲だけ子供部屋だ。

うすい夏がけをまとって天井《てんじょう》を見上げる。豆電球だけのうすぐらい部屋。長い間楽しみにしていたプレゼントを、もらいそこねたようながっかりの気分。胸がきしきしする。

……ん！、そうじゃない、なんか胸の上を動いているんだ。

目をこらすと、3センチくらいの人形みたいなもんが、もそもそ歩いてる。

なんだろう。めずらしい虫だろうか。

とっさに右手の指をそろえて山の形にし、ぱっととらえる。起き上がり左手で蛍光灯《けいこうとう》をつける。右手の中でもぞもぞするから、指の力を少しぬくと、間から小さな頭をちょんとつき出した。

よく見ると、頭の真ん中に角《つの》を一本はやしている。

「おまえ、なに？　なにしてるの！」

キーキー声がいう。

「ぼく、小鬼《こおに》です。ゆ、ゆび、離《はな》してください。そしたら大事ないい話、教えます。成績のことです」

成績という言葉で、憲はあっさり手を離した。小鬼はシマパンをはいているだけで、ほとんど裸《はだか》だった。節分の時のおっかない鬼そっくりだが、なにぶんにも3センチしかない。小さければいかつい顔もかわいく見える。体にふつりあいな大きなノートと計算機とペンをかかえている。

〈小鬼の大事ないい話　その①〉
小鬼の世界では最近、寿命《じゅみょう》がやたらに長くなった。年とってもみんな元気でいつまでも働く。それで若い小鬼の就職口《しゅうしょくぐち》がない。閻魔《えんま》大王様が心配して、アルバイトの仕事を作ってくれた。自分もそれをしている。

仕事は成績つけだ。つまり人が死ぬと人生の総評価《そうひょうか》がされる。その点数によって、死後のコースが上中下に分けられる。本来なら死んだ時に計算するのだが、最近人間も長生きになった。若いうちから時どき計算しとかないと大変だ。その成績中間調査員のアルバイトをしている。

ぽかんと話を聞いていた憲は、『点数』『成績』という言葉でやっと自分をとりもどした。なにしろこれには自信がある。ちょっとそっくりかえって聞いてみた。

「ぼく、何点?」

「う〜ん、点数そのものは規則によってお教えできませんが、まあ並ですかねえ」

「えっ、そんなはずないよ。ぼく、いつもいい点なんだ。学校の成績、いいんだよ」

小鬼は説明した。

「でもね、さっきの騒動《そうどう》でもマイナス点なんです」

「さっきの騒動？」

「ほら、純君をいじめてたじゃないですか」

〈小鬼の大事ないい話　その②〉
人生の成績表には当然学校の成績も含まれる。しかしそこはそれ、人間の評価とはちょっとわけがちがう。テストの点のように単純ではない。できのよくない脳みそでもがんばれば、テストの点は悪くともがんばり点が大きくなる。

なんにしても学校の成績などは、人生の総決算《そうけっさん》という見方では、大きくひびく人はむしろ少ない。評価項目は、思考力、健康、努力、運動能力、芸術性、人柄《ひとがら》、地球や自然を大事にしているか、人間関係、好奇心《こうきしん》、冒険心《ぼうけんしん》、愛情、やさしさ、創造性《そうぞうせい》、独創性《どくそうせい》、反省心、人間らしさ、茶めっけ、ユーモア、人生が楽しめるか……とまあ、とにかくいっぱいだ。


聞いた憲はショックを受けた。学校の成績だけが憲のすべてだった。すべての努力、エネルギーを集中させている。それ以外ははっきりいって、自信がない。ためしに憲はきいてみた。

「じゃ、純なんかどうなの。きっと悪いよね。とろいし、よく泣くし……」

ふとんの上で開いたノートに、おおいかぶさるようにして小鬼は、

「そうでもありません。規則で点数はお教えできませんが、まあまあです」

「じゃあ生まれたときから寝たきりの俊君は、ものすごく悪いね。なんにもわからなくて、名前よばれたとき、うーって返事するだけなんだよ」

よっこらしょと俊のページを開きながら小鬼は、

「俊君もけっして悪くはありません。このへんの計算の説明はむずかしいのですが……」

〈小鬼の大事ないい話　その③〉
つまり人間はなんといっても、生まれてきた、というところに一番大きな価値がある。だから生まれると平等に、九十九万九千九百

九十九点がつく。そのあと死ぬまで、足したり引いたりして人生の点数が決まる。俊はもちろんプラス点もあるし、マイナス点が少ない。

マイナス点の項目もいろいろある。とくに大きいのは他人に害をおよぼした時だ。だからいじめたりしたらマイナス点は大きい。

心配になった憲は大声で聞いた。

「大きいプラス点をとれるような、なにかいい方法教えてよ?」

小鬼は出べそをひっぱりながら、首をひねった。

「いい方法っていわれても……、でもねらい目は『深さ』ですかね。これ以上は規則によってお教えできませんが……」

というとぴょこんとおじぎをひとつして、ノートをずるずるひきずっていなくなってしまった。

「深さっていったい……？」

ぼう然としていた憲は、小鬼のいなくなってしまったのに気づいてあわてた。

「大事ないい話って、これだけ？　もうちょっと小学生にわかるようにいってくれよ。これじゃ、どうしていいかわかんない」

憲はふとんの上に座りこんだまま、人生成績用の問題集をどこかで売っていないものかと考えこんだ。

夜が明けて、いつもとかわらぬ朝がきた。いつものようにぼけっとしながらパジャマのまま、俊の顔を見にいく。

「俊君、おはよう」

いつものようにちゃんと着替《きが》えた純が、元気よく、

「憲君、おはよう。きょうの俊君、とってもいいご機嫌《きげん》なんだ。ほら、ゼコゼコ息じゃないから、にこにこなんだよ」

前の日、憲にいじめられたことなど、きれいに忘れている。

きらきらする朝の光の中で、俊はなにがうれしいのか時どきにっこりした。そのたびに純がいっしょに喜んで、きゃあきゃあいっている。

「ふうん、俊君も純も人生点は悪くないのか……」

楽しそうなふたりを見ながら思う。

ぼく、学校の成績以外、なんにも自信がなかった。けれど人生点なら、上げるためのぼくなりのやりかたがあるかもしれない。

そのときどこかで、小鬼が計算機のプラス点のキーをたたいた。

あとがき

長年、ぽつぽつと子供の読み物を書いてきました。より多くの人に読んでいただきたくて、この度はじめて本にしました。本ができあがるまで、多くの人々に御苦労をおかけしました。特に大変な御無理をお願いして、本の帯文を書いていただきました渡辺えり子さんに、深謝します。

たかこ　けい

著者プロフィール
たかこ けい
（本名　鈴木 孝子 《旧姓　矢尾板》）

若いころ、都会で暮らしたことはありますが、生まれも育ちも山形、今住んでいるのも山形、これからも山形。

山形から見る世界が好きなんです。

小鬼《こおに》のつける成績表《せいせきひょう》

2002年4月15日　初版第1刷発行

著　者　たかこ けい
発行者　瓜谷 綱延
発行所　株式会社 文芸社
〒160-0022 東京都新宿区新宿1－10－1
電話 03-5369-3060（編集）
03-5369-2299（販売）
振替 00190-8-728265

印刷所　株式会社 平河工業社

ISBN4-8355-2916-2 C8093